PHYSIOLOGIE
DE
L'ANGLAIS A PARIS

PAR

CHARLES MARCHAL.

Dessins par Gavarni, Daumier, H. Monnier, Traviès et Hippolyte Boillot.

PARIS,

LACHAPELLE, LIBRAIRE, ...-JACQUES, 38. | FIQUET, ÉDITEUR, GALERIE DE L'ODÉON, 4.

CHEZ LACHAPELLE, ÉDITEUR,

Rue Saint-Jacques, 38.

(Pour paraître successivement tous les 15 jours.)

MÉDERIC, roman intime, par Charles Marchal, auteur des *Nuits espagnoles*, 2 vol. in-8.

LE PEINTRE BRETON, par Ch. Marchal, 2 vol. in-8.

LA PRINCESSE SOBIESKI, ou l'amour dans le grand monde, roman historique, par la comtesse O. D., auteur des Mémoires de Louis XVIII, 2 vol. in-8.

LA DUCHESSE DE GRAMMONT, ou une intrigue de cour, roman historique du même auteur, 2 vol. in-8.

MADEMOISELLE DE VALOIS, ou le fils du masque de fer, roman historique, par l'auteur des Mémoires de madame Dubary, 2 vol. in-8.

LA DUCHESSE DE MÉDINA COELI, ou les deux moines dominicains, roman historique, par le baron de la Mothe-Langon, 2 vol. in-8.

LE LORD BOHEMIEN, roman nouveau, par Alfred des Essarts, 2 vol. in-8.

L'AMI DE LA MAISON, roman nouveau, par M. Perrin, 2 vol. in-8.

LE PAVILLON DE M. DE BENSERADE, roman historique du même auteur, 2 vol. in-8.

SCARAMOUCHE, roman historique du même auteur, 2 vol. in-8.

Aucun de ces romans n'a paru ni ne paraîtra en feuilletons, la propriété appartenant à l'éditeur.

PHYSIOLOGIE

DE L'ANGLAIS A PARIS.

PHYSIOLOGIE

DE L'ANGLAIS A PARIS.

IMPRIMERIE DE PECQUEREAU ET COMPAGNIE,
58, rue de la Harpe.

PHYSIOLOGIE
DE
L'ANGLAIS
A PARIS,

PAR CHARLES MARCHAL.

PARIS,
FIQUET, ÉDITEUR, GALERIE DE L'ODÉON, 4.
BRÉAUTÉ, passage Choiseul. | POURREAU, rue de la Harpe, 26.

Ce que les bourgeois sont libres de considérer comme une dédicace.

A M. LEFÉBURE-WELY.

Vous serez étonné de voir votre nom figurer à la tête de ce pauvre petit livre aussitôt imprimé que fini, aussitôt oublié que lu, — rarement lu, même.

En effet, quel rapport peuvent avoir votre talent et la musique, que j'aime, avec les Anglais, dont je ris?

S'il vous souvient du plaisir

que vous m'avez fait tant de fois sur le piano, — délicieux charivari !

vous comprendrez que je saisisse la première occasion de manifester hautement toute ma joie. —

Dernièrement encore, — la musique m'a transporté de bonheur. — C'était, vous le savez, dans la maison de notre cher docteur

Ricord, que nous aimons tant, et qui reçoit si bien les artistes.

Il me semble encore voir les dames que vous connaissez aussi bien que moi, penchées et recueillies près du piano, attentives, émues, — et belles de leur belle ame autant que de leurs yeux noirs.

Nous avons ri et pleuré tour à tour sous l'impression de vos *Nuits italiennes*.

Quant à vos études inédites, — elles ont passé sur notre ame comme les folles brises passent sur la mer : — elles l'ont rafraîchie de leur souffle parfumé.

C'est alors que je regrettais de ne pas être musicien, — je trouvais la poésie inférieure à l'harmonie. —

J'avais tort : — aussi maintenant, en y songeant, je m'écrie comme Galilée :

— *E pùr mùove!*

La musique est douce, l'amour aussi. — L'amour est une belle musique qui embrase le cœur.

O amants malheureux! vous seuls savez la poésie qu'il y a dans les chants préférés de nos maîtresses! vous seuls savez que, dans ces moments d'ivresse, l'ame se balance dans le corps, tremble, s'élève, se plaint avec la musique du chant, et semble s'envoler avec lui!...

Ces airs se mêlent à nos rêves, — parce que ce sont ceux de nos amours, — ce sont les airs chantés par nos maîtresses.

Vibrez éternellement dans nos ames attendries, trop pleines...

La voix est le plus suave parfum qui puisse émaner d'une femme : c'est un caprice vagabond, une fantaisie perfide qui nous pénètre à travers les plaintives vibrations du clavier, qui fuit, appelle, et sème, comme des fleurs mystérieuses, des mots de tendresse et d'amour.

Ah! mon Dieu, j'oubliais que mon éditeur attend ce manuscrit. —

Adieu donc, ami et maître,
Adieu et courage!

PRÉFACE.

DANS LAQUELLE L'AUTEUR AVOUE SA JOIE.

D'abord, ma lectrice comprendra qu'en pensant à mon sujet je suis pris d'un éclat de rire inextinguible, bruyant, superbe, dangereux. — En pensant, je le répète, aux Anglais en général, je suis dans un de ces rares et heureux moments où l'on se sent exclusivement emporté vers des joies sans but et magnifiques. — Cette folle gaîté m'inonde l'ame, il me semble voir d'ici réunis sur quelque port de mer les enfants de la perfide Albyon. —

Cela est d'antant plus vrai que le dernier Anglais que j'ai vu, — il n'y a qu'un instant, — au concert Musard, était doué du costume suivant :

— Pantalon de nankin,

— Dessous-de-pieds, longueur : un demimètre,

— Cravate rose,

— Gilet bleu de ciel,

— Bottes à retroussis jaunes,

— Gants de filoselle écrue,

— Un parapluie de famille, lilas,

— Souliers carrés du bout,

— Bas bleus.

J'oubliais, — cet Anglais paraissait miope, — mérite médiocre dans un pays où tous les héros de romans qui se respectent sont aveugles.

Quant à moi, je dois le dire ici avec la sincérité que chacun me connaît, — j'ai toujours eu la plus grande vénération pour les aveugles et les miopes. —

C'est ainsi que j'ai vu, à Paris, moi qui vous parle, plusieurs Anglais qui avaient la faiblesse de loucher.

Ceux-là étaient assez délicats pour contracter l'habitude de regarder à leurs pieds, afin d'éviter de rendre visible cette infirmité incontestable. —

Donc, — je crois de mon devoir de commencer cet ouvrage philosophique et moral par le fruit de mes recherches scientifiques. —

Car vous penserez comme moi, je gage, qu'il est nécessaire, avant de parler d'une chose, de décrire cette chose, et son origine. —

J'ose espérer que vous ne mépriserez pas ces marques évidentes de mon instruction, —

Après cette préface, — je vous prie, Madame, qui me lisez, de tourner le feuillet avec votre jolie main, que je baise.

I

Où l'auteur montre son érudition et se permet de jeter un coup d'œil sur les temps passés.

Lorsque César porta ses armes dans la Grande-Bretagne, les peuples de cette île avaient l'habitude de porter des cheveux et de la barbe rouges.

Ils manifestaient leur joie avec les marques de la plus grande désinvolture.

Aux lois germaniques, dont le dernier roi

saxon avait rédigé le code, se mêlèrent quelques coutumes normandes. —

Cette grande vérité prouve que les Anglais pillèrent leurs propres frères lorsque, bien longtemps après, ils firent la guerre aux Normands.

O voix du sang! où étais-tu?...

Les loups ont tort de manger les loups. —

Un certain M. Guillaume partagea l'Angleterre en sept cents baronnies qui relevaient immédiatement de la couronne. —

Ce Guillaume fut, dit-on, un fort vilain homme, —

Il avait l'habitude de battre ses femmes, —

Il était jaloux, —

Emporté, —

Bavard, —

Ennuyeux et ennuyé.

De plus, il était imbécile, —

Tyrannique, —

Tatillon, —

Maussade, —

Brutal, —

Assez enclin au despotisme et à l'ivrognerie.

— Grand bien lui fasse!

Il avait, dit-on, la coutume de *se parer des dépouilles du vaincu*, — procédé naturel, mais peu généreux. —

Puis vint Henri Ier, etc., etc., etc., etc., etc., etc., etc., etc., etc., etc., etc., etc., etc., etc., etc., etc., etc. . . . . . .

. . . .

. . . .

Puis vint *Jean-sans-Terre*, ...

Puis, ...

Puis, ...
Puis, ...
Puis, ...
Et tant d'autres. . . . .

. . . .

Telle est l'histoire de cette superbe patrie des lords, des mylords, du porter et des bottes vernies, — ..... dans laquelle les pauvres soldats sont battus comme des bêtes. —

Il est vrai qu'il y a dans *ce beau pays de Galles*, — comme dit M. Grenier, et non Granier, né à Cassagnac, —

Des lois très sévères contre quiconque maltraite un animal politique ou privé, sur la voie publique. —

Là, les lois, en général, son barbares comme les coutumes : — un homme a droit de vendre sa femme sur le marché des bestiaux, comme une bête de somme. —

Un de mes amis en acheta une à Falmouth six pences (douze sous)!!!

Je n'ose pas affirmer que ce soit cher. —

II

Débarquement.

Avocat, passons au déluge! Il est naturel de commencer le séjour de l'Anglais à Paris par son arrivée à Calais. Il n'est pas de chapitre qui convienne mieux à cet endroit que celui qui commence le voyage sentimental de

Sterne. — Notons ici une différence importante dans la garde-robe. —

Sterne débarqua avec six chemises et une culotte de soie noire. — Quelle idée terrifiante de la civilisation, si nous entreprenions l'inventaire de la *roba*, — comme on dit en Italie, — des bagages d'un Anglais de nos jours ! —

Entamons cette formidable autopsie.

Une malle anglaise a dix-huit compartiments ; — d'un côté le linge, de l'autre les hardes, les chapeaux, les souliers, les ustensiles, les secrétaires, les boîtes à écrire, les parfumeries, etc., etc., etc.....

Il reste de la place pour l'animal privé le plus aimé du voyageur :

Un nécessaire de toilette de deux pieds de long sur un de large, compliqué de trois fonds superposés, de quatorze poches dans la doublure, de deux portefeuilles dans le couvercle, de trois faux tiroirs sur les côtés, de quinze gaînes dans chaque épaisseur, renfermant un arsenal complet de brosses, ciseaux, rasoirs, couteaux, limes, grattoirs, tire-bouchons, savons, pommades, parfums, etc., etc., etc...

Maintenant un étui à chapeau, qui compte parmi ses commodités innombrables, —

Une petite pharmacie dans la doublure, —

Quelques feuilles de papier entre cuir et chair, —

Et, — selon les cas, — un siége pliant à quatre doubles, —

Un parapluie à tubes concentriques comme une lorgnette, —

Quelques boîtes d'ipécacuanha, —
La fameuse boîte de soda-water, —
Un lit de sangle élastique, —
Une paire de tire-bottes, —
Une selle de nouvelle invention, —
Le coussin de crinoline, gonflé, pour la voiture,
— Une boîte à couleur, s'il est peintre,
— Une trousse de chirurgie, s'il est praticien,
— Un herbier, s'il est botaniste,
— Une pochette, s'il est danseur,
— Trois dictionnaires, s'il est écrivain,
— Quelques pavés, s'il est antiquaire,
— Un almanach, s'il est commerçant,
— Un épagueul, s'il est sensible.

C'est dans cet équipage qu'il débarque à Calais, — en compagnie d'une foule de gens bruyants et grossiers, connus vulgairement sous le nom de *voyageurs*. —

VIII

Différentes choses.

Il y a deux sortes d'Anglais, — en France, savoir :

— Ceux qui parlent français tant bien que mal,

— Et ceux qui n'en savent pas un mot. —

Parmi ceux qui parlent français, il faut encore distinguer ceux qui parlent peu, mal, et horriblement mal.

Les premiers sont intelligibles, — avec les seconds il faut mettre une grande bonne volonté et une attention soutenue, —

Quant aux troisièmes, il est parfaitement impossible de les comprendre. Ils entremêlent avec une pitoyable vivacité le peu de mots qu'ils savent de français avec le grand nombre de mots anglais qu'ils savent trop. —

Ces derniers sont les plus malheureux et les plus risibles. —

Il faut encore parler des motifs qui les amènent chez nous. —

D'ordinaire, — les Anglais qui viennent à Paris sont des gens riches dont l'intention est de s'amuser aux dépens des sottises de notre pauvre peuple né malin.

Dans cette attente, ils sont rarement trompés. — A charge de revanche.

Ainsi l'Anglais ne voyage pas, comme le Français, par besoin, — par industrie. —

L'Anglais est peu commis-voyageur, —

S'il a quelques rapports avec les liquiles, c'est pour les boire et non pour les débiter. —

Il est vrai que l'un et l'autre est français.

AXIOME.

En général, l'Anglais prête à rire par son costume, sa tournure guindée, ses gestes symétriques, quoique décents, ses manières brusques et vives.

Il a souvent les yeux bleus, à moins qu'ils ne soient gris. —

Ses cheveux sont d'ordinaire d'un blond plus ou moins ardent, quand il ne leur arrive pas d'être rouges.

L'Anglais qui débarque à Boulogne, à Calais, ou au Havre (*de Grace*) est la proie des maîtres d'hôtel qui se précipitent sur lui et sur ses nombreux bagages avec une fureur, un acharnement qui ne peut être comparé qu'à celui des vautours spécialement chargés de manger les entrailles de feu Prométhée, — attaché, comme vous savez, sur une montagne que je ne dis pas. —

C'est ainsi que plus tard l'Anglais sera livré aux barbares que l'on nomme,

— Maîtres d'hôtels parisiens,
— Cochers de voitures à volonté,
— Pâtissiers,
— Traiteurs,
— Marchands,
— Gamins,
— Cicerones, interprètes,
— Complaisants, —

Lesquels, tout en l'écorchant, n'oublieront pas de se moquer de ses ridicules. —

L'Anglais qui sait parler français s'humanise plus facilement, et finit par faire un cavalier présentable, — pourvu que la nature l'ait doué de quelques heureuses dispositions. —

L'Anglais est entêté, rageur, gourmand, maniac, capricieux, antiquaire, difficile à vivre, inconstant, volontaire, entreprenant, ridicule, propre, débauché, trop altéré, curieux, fatigant. Sa prononciation est bizarre, sauvage, risible. —

Il est sujet à la migraine, au spleen, au suicide, à la colère, — et à une multitude incalculable d'autres infirmités.

Il est aussi amateur de curiosités, de tableaux, de poignards turcs, de pipes, etc... etc., etc., etc.

Il est flegmatique, joueur; — il aime les chevaux, les chiens, la mer, le spectacle, le rôti, les pommes de terre, et le porter.

Il est peu fier de ses poètes, et les apprécie rarement.

L'Anglais se présente d'abord sous deux points de vue bien différents :

1° — L'Anglais gras.

2° — L'Anglais maigre.

Ces deux types ne sont pas exagérés : il est rare que vous trouviez en Angleterre des hommes parfaitement faits. — Ils sont presque tous ou trop puissants ou trop minces.

IV

Préceptes de conduite et d'hygiène tirés de la Bible anglaise.

La vie est un désert, Dieu nous a donné le chameau pour la traverser :

L'eau étant rare dans le désert, il faut s'habituer à en boire le plus rarement possible.

L'homme y étant vêtu d'une simple feuille de figuier, — ce qui doit être bien fané en hiver, — a besoin de s'échauffer par certains exercices gymnastiques. —

A propos de ce vêtement, il me sem... que c'est un peu celui des actionnaires de nos jours. —

V

Arrivée.

Les Anglais en voyage aiment à tout voir et à jouir de leurs aises; — ce qui me paraît subtilement judicieux. —

Je ne vois pas pourquoi on se gênerait dans un voyage d'agrément. C'est pour cette raison qu'ils préfèrent la chaise de poste à la diligence. Vous reconnaissez de suite, sur la route, une voiture anglaise aux quatre femmes de chambre et aux trois valets qui se tiennent sur les deux siéges. — (Les postillons sont à cheval.)

Je suis encore à me demander comment ces pauvres serfs font pour traverser de la sorte tout un pays, la nuit, au clair de la lune, perchés devant et derrière la chaise. — Je l'avoue, je les ai plaints souvent, et j'ai plus d'une fois gémi sur leur sort.

Les maîtres sont empaquetés, serrés, attifés, enfermés dans une foule de vêtements. —

Ces délicieux accoutrements, m'ont fait, pour ma part, passer de bien bons moments !

Les hommes sont affublés de plusieurs caleçons, d'un nombre égal de gilets, de chaussons de lisière, de manches en flanelle, — et d'une casquette dont les deux ailes se rabattent *ad libitum* sur les deux oreilles du patient.

Les compagnes de ces intrépides voyageurs

sont tellement vêtues, que je ris encore d'y penser. —

Et ce rire est si naïf, si naturel, si à propos chez moi, — que je n'ai jamais pu parvenir à examiner de sang-froid une de ces estimables créatures. — Seulement, — si mes souvenirs sont fidèles, — j'ai aperçu des pèlerines, des châles, des manteaux, des dentelles, — un chapeau de paille, orné d'un voile vert flottant au vent, et qui paraît inutile; —

Tout cela recouvre une Anglaise. — Cette femme que vous considérez longtemps comme une grosse et forte personne sous ces honnêtes oripeaux, — est le plus souvent une frêle et pâle jeune femme, comme on en voit en rêve à vingt ans, — une de ces figures sublimes qui joignent à une grace toute féminine la noblesse élevée du visage de lord Byron. —

En route, — l'Anglais est volé par les postillons, les aubergistes, les mendiants, — pauvres gens habitués à tirer le diable par la queue.

Car, — on a beau dire, — l'Anglais riche, quoique moins généreux qu'autrefois, est cependant plus libéral que beaucoup de gens d'entre nous. —

Sur la route, l'Anglais commence à trouver belle notre campagne fleurie, — il admire même les marchands d'habits galons et de peaux de lapins, qui *viennent revoir leur Normandie :*

Il admire tout et voit tout, —
Rien ne lui échappe. —
Il admire
Les évêques,

Les maréchaux-ferrants,

Les marquis,

Les douaniers,

Les agriculteurs,

Les conducteurs,

Les bergers,

Les gens de lettres,

Les gendarmes,

Les voleurs,

Les artistes,

Les industriels de tout genre,

Et enfin tous les voyageurs qui inondent généralement les routes royales. —

Nous nous empressons de blâmer cet enthousiasme exagéré. —

Car,

Les évêques,

Les maréchaux-ferrants,

Les marquis,

Les douaniers,

Les agriculteurs,

Les conducteurs,

les bergers,

Les gens de lettres,

Les gendarmes,

Les voleurs,

Les industriels et les artistes,

Sont, pour la plupart, moins beaux et plus mauvais qu'ils ne paraissent.

L'Anglais, décati par son brouillard, arrive donc à Paris se sécher à notre soleil. —

En franchissant la barrière, son inexpérience est grande, sa curiosiié complète. —

Il trouve nos faubourgs médiocres, — ce qui fait honneur à son jugement britannique. —

Ses amis l'ont engagé à se faire conduire dans le quartier dont le centre est aux Tuileries, depuis la rue Richelieu jusqu'à la barrière de l'Étoile inclusivement. —

On arrive à l'hôtel, — les postillons fouettent avec un acharnement remarquable, — les domestiques s'approchent, — les badauds font place, puis se replient sur eux-mêmes, et finissent par se battre pour voir le *prince étranger* descendre de voiture.

Il se trouve toujours parmi ce monde de flaneurs un mauvais plaisant pour dire : — *C'est lord Seymour!*

La nouvelle se répand par la rue.

Il n'entre pas une seule chaise de poste à Paris, qu'on ne dise qu'elle appartient à cet homme, qui, probablement, a fait plus de bruit qu'il ne le mérite. —

L'Anglais est pris, en mettant le pied sur les pavés parisiens, de cette émotion inséparable de tout premier début. —

Les douaniers visitent les malles, et trouvent rarement à ne pas confisquer quelque chose à leur bénéfice. —

Pendant ce temps, l'Anglais parcourt deux ouvrages qui ne le quittent jamais :

— Un dictionnaire,

— Et un itinéraire,

Sans s'occuper des réflexions facétieuses qu'excitent sa tournure et son costume. —

L'étranger de haute volée, — malgré son

envie de voir la ville, se met au lit, demande du thé, et s'endort dans l'amour du Seigneur et dans l'attente de grandes satisfactions personnelles, —

Mais il est malade : le voyage l'a fatigué.

VI

Le guide.

'Anglais remis de ses fatigues éprouve le besoin d'avoir un cicerone qui le conduise partout. —

Le cicerone est souvent interprète, — c'est pour la plupart du temps un homme du peuple, civilisé, à manières souples, engageantes, souvent viles à force d'être prévenantes. —

L'Anglais se peigne, se brosse, se fait la barbe, et offre de l'argent à son hôtelier, —

car l'hospitalité célèbre qui se donne et ne se vend pas chez les montagnards écossais n'est guère usitée par les hommes et les temps qui courent. On refuse son argent, et on lui fait un mémoire énorme, grossi à chaque fantaisie nouvelle, à chaque désir, à chaque besoin. —

Pour l'Anglais, Paris c'est donc le bonheur, un conte des *Mille et une nuits*, la liberté enfin !

Voyez-le plutôt marcher fièrement avec un air glorieux et superbe.

VII

Misère.

Voilà un vilain mot, n'est il pas vrai, Madame?...

Ah! puissiez-vous ne jamais le sentir vous-même! que Dieu vous fasse vivre toujours dans l'élégance et la richesse!

Oui, la misère!!! c'est la première chose que tout étranger rencontre à Paris, sous mille formes qui brisent le cœur ;

— Ici c'est une vieille femme en pleurs,

— Là un homme infirme,

— Ailleurs un aveugle,

— Ou un balayeur estropié,

Pauvres Quasimodo de misère, attachés au pilori de la faim, de la soif, de l'ignominie.

Mais parmi toutes ces pauvretés nues, parmi ces vérités désolantes, — éternels et hideux démentis à toutes les utopies d'amélioration sociale, se dresse parfois une riante figure, une figure d'enfant, rose et barbouillée, —

— De beaux yeux doux et naïfs,

— Une voix au timbre clair, le tout caché sous nn habit de bure, cela s'appelle un ramoneur.

Pauvre petit! il a quitté la maison paternelle, où il dormait sous le toit du Seigneur, et il est parti, emportant le petit paquet d'usage et la bénédiction de sa mère.

A genoux devant M. Victor Hugo ! car Don César a dit à Ruy-Blas :

« Oui, je le sais, la faim est une forte basse
« Et, par nécessité, lorsqu'il faut qu'il y passe,
« Le plus grand est celui qui se courbe le plus ;
« Mais le sort a toujours son flux et son reflux.
« Espère. »

Et lui aussi il espère, l'enfant de dix ans ;
Il croit en Dieu, —
Il croit en la fortune
Il espère tout et rien, —
O le pauvre Pauvre !

C'est lui qui le premier suit l'Anglais pour avoir un sou ; avec un sou on a du pain ; un sou, ô riches brillants, empêche souvent de mourir.

L'Anglais n'est pas dur pour l'enfant des montagnes : il est rare qu'il lui refuse une misérable aumône, aussitôt ramassée que tombée au ruisseau.

VIII

Promenades.

Un Anglais se promène beaucoup et partout. — J'en ai rencontré en France, en Italie, en Amérique, en Orient.

Il est curieux dans ses excursions, avide de nouveautés, frileux, hardi; — Il aime à inscrire son nom sur les monuments lointains.

Un colonel anglais voyageant en Amérique, seul avec un petit nègre, son domestique, fut surpris par un tigre. Il jeta l'enfant aux pieds de l'animal, et s'en alla. — Il paraît qu'il raconte cette aventure avec une joie folâtre.

Ses amis regardent cette cruauté comme une très grande marque de présence d'esprit.

— Je ne crains pas de le dire, cet homme s'est livré à un procédé mesquin.

IX

Amours.

Quant aux amours, — à Paris, — l'Anglais fréquente les femmes entrées depuis longtemps dans la circulation, telles que filles galantes, à parties, entretenues, lorettes, rats d'opéra et autres, — qu'il partage avec les pairs de France et les *Arthur*.

Ah ! vraiment, je regrette d'avoir appelé cela *Amours !* — C'est voyager sur des pays conquis.

X

Les beaux quartiers.

En sortant de chez lui, l'Anglais se dirige vers la rue de Rivoli, à moins qu'il n'y demeure ; alors il se rend place Vendôme avec une enthousiaste curiosité. Il ne manque pas d'y rencontrer quelque vieux brave prêt à s'attendrir, la main sur le cœur.

C'est là qu'il déploie une rare effronterie. — Il ose trouver Napoléon un grand homme. — Est-ce raillerie, est-ce remords? — Lui, l'Anglais! lui le compatriote d'Hudson, le geolier! et peut-être son complice! lui, le descendant de cette tribu sauvage qui nous a toujours fait tant de mal, et qui nous en a souhaité le plus possible, quand elle n'a pu nous en faire. — Ah ! ce n'est pas sous ce point de vue que nous considérons l'anglais, car, au lieu d'être risible, il serait alors à plaindre, hideux, infâme.

XI

Où il est parlé d'une énorme-pierre à forme douteuse.

L'Anglais va aussi admirer l'Obélisque,

cette indécente parodie des temps anciens en général, et de l'Égypte la jeune en particulier.

Il a la faiblesse de considérer M. Lebas comme un grand personnage politique, et de lire le nom, l'âge et le lieu de la naissance du roi Louis-Philippe, qu'on à incrustés en lettres d'or sur le piédestal. Quand je dis que l'Anglais *lit*, je veux dire qu'il épelle.

Mais sa joie, contre l'usage usité par ses ancêtres, est concentrée, intérieure.

Devant toutes ces merveilles, obélisque, fontaines, arc de l'Étoile, Magdeleine, Chambre des bavards, Tuileries, etc., etc., etc., l'Anglais reste impassible et muet, comme Mucius Scœvola, la main sur le brasier, à la barbe de ses ennemis.

Il fait plusieurs fois le tour du Luxor, et paraît y chercher le portrait du roi et celui de M. Lebas, ministre des monuments.

Et, au fait, ceci me paraît judicieux. Pourquoi M. Lebas n'y a-t-il pas encore songé?... Je lui vends mon idée. Le peuple français devrait bien se porter à cette exigence.

On ne pense pas à tout, et l'on oublie souvent des choses bien importantes.

Je dirai plus. Le portrait de M. Lebas est nécessaire à l'Obélisque ainsi qu'au bonheur et à la tranquillité de la nation. Le besoin s'en fait généralement sentir ; pour ma part, je n'y tiens plus ; on sera obligé de m'attacher, je le déclare donc, si cet architecte remarquable, je dirai plus, Messieurs ! très remarquable, ne me procure pas cette satisfaction personnelle, je lui donne ma malédiction, et je le fais empailler par M. Gannal. (M. Gannal va peut-être, à l'instar de M. Flourens, être de *l'Académie française.*)

Je dirai plus encore. Les Parisiens on vu avec admiration dresser l'Obélisque. Maintenant ils veulent voir Lebas en haut. (Ce calembourg est de M. Chambolle.)

Exécutez-vous donc, monsieur Lebas, ou je vous livre à la férocité des lions,

— Des loups,

— Des tigres, et à la médecine

— De Charles Albert,

— De Giraudeau, né à Gervais, cruels

besoins, charlatans un peu distingués, remarquables par leur dextérité à envoyer un mortel dans le ciel, ou ailleurs.

XII

Des quartiers équivoques.

C'est vers la colonne de juillet, — cette colonne qui fait pleurer, — que l'Anglais est conduit par son guide. —

Il remarque avec étonnement que ces grands héros qui ont combattu pour la branche régnante portent des noms parfaitement obscurs et vulgaires, dans le genre de ceux-ci : Pierre, Baptiste, Charles, Félix, Alphonse, Jacques, Antoine, Rustique, George, dit *Frisepoulet*, Coquardeau, dit *la Force*, Marcel, dit *le Balochard*, Titi, Fouyou, Maniche, etc., etc., etc...

On le mène de là à la place Royale, style Louis XIII, — raison de plus pour que le guide affirme que les maisons datent de Charles-le-Téméraire. —

L'Anglais confond *téméraire* avec *débonnaire*, — et méprise la mémoire de notre roi. — Ce qui prouve qu'une méprise entraîne souvent le mépris. —

Arrivé rue Saint-Antoine, — le cicerone, qui est presque toujours un bavard, — montre à l'Anglais l'activité qui règne dans nos pauvres faubourgs. —

Ici existe un détail assez plaisant. Si le guide est républicain, et cela arrive le plus souvent (pour être républicain ou *bousingo*, il suffit de ne pas avoir de pantalons), il dit :

— Voyez, étranger, comme le peuple souffre et travaille dans l'ombre! Et pour qui? Pour les tyrans qui boivent à longs traits sa sueur, qui s'abreuvent de son sang!

Il oublie, le malheureux, qu'il n'y a ni servitude ni *tyrans*, — et que ces derniers suent autant que l'*aimable populaçe de nos faubourgs*, comme disent les fameuses lettres attribuées au roi. — Il ajoute : — Monsieur, en juillet j'ai jonché la place de l'Hôtel-de-Ville de mon cadavre. — Le guide regarde d'un air sombre les sergents de ville, — et manifeste par des gestes énergiques de son horreur pour tout ce qui veut *attenter à la liberté des intelligents*.

Si, au contraire, sa femme a une place de portière dans quelque terre royale, il dit :

— Quel bon roi! comme son peuple est heureux, comme il l'aime! Ah! quel roi, Mylord!

Si c'est un carliste :

— Si mylord est venu à Paris du temps de Charles X, il doit voir une déplorable différence. Comme le commerce allait bien alors!

Comme tout prospérait. —

L'Anglais prend des notes sans sourciller, — et croit avoir l'*opinion du pays.*

Est-ce que le beau pays de France a jamais eu la moindre opinion ?

XIII

De l'Anglais au Musée, et de ses relations avec le rapin.

C'est au Musée que l'Anglais brille, — lui et son lorgnon; — c'est là qu'il est roi, maître, souverain, pacha, — c'est là qu'il passe à l'état de Dieu, de prophète. —

Car, joint à la passion des tableaux, il a la

manie de les considérer longtemps et dans toutes les positions. —

Il a la prétention de s'y connaître ; — et c'est à cette nouvelle faiblesse qu'il doit une foule de malheurs domestiques et des pertes réelles d'illusions et d'argent. —

Cette manie est encore une de ces sauvages aptitudes de l'Anglais, — que l'on a le tort de prendre pour des originalités. —

Avouons-le, il a quelque simplicité.

Vous l'avez vu, le rapin, n'est-ce pas ? —

vous le connaissez, — il vous a égayé l'ame, — avec sa courageuse persévérance, son opiniâtreté, sa philosophie patiente et trouée, — à la manière de Diogène ?

Le rapin cherche une réputation comme Diogène cherchait un homme. Si ce dernier eût connu M. Janin (surnommé Janot-Janissaire-James), il n'aurait plus rien eu à chercher, et se serait empressé d'éteindre sa lanterne. —

Oui, le rapin est beau, — il se pose admirablement bien. Il a une certaine dignité. Il porte les cheveux longs et peu peignés, — il réclame *le Vatican, l'Italie, les villa*, et *les femmes lascives de Venise.* — Il a de la grandeur artistique sous son paletot de velours. Il s'est adjugé le droit d'insulter les vêtements des boursiers, des bonnetiers, des avocats, des voleurs, des députés, des procureurs, des bottiers, des industriels et des niais. —

Le paletot est brodé de graisse sur toutes les coutures; — ce qui ne l'empêche pas de marcher d'une façon prétentieuse.

Hélas! il est boutonné jusque sous le menton, d'une manière qui donne d'affreux soupçons. — Ses bottes font pleurer, — je n'ai jamais pu les regarder sans colère. — Les ingrates! elles menacent de le quitter.

Il est friand, hardi, coureur, débauché, despotique envers les femmes et les animaux, —

Il mène une conduite trop décoltée, —

Il possède aussi quelques vertus, mais peu de culottes, — elles luttent!

Son pantalon laisse une certaine partie de son corps prendre l'air.

Le rapin n'ayant rien sous la dent, — maudit le pourvoir. — Il est vrai qu'il sait boire aussi longtemps que Melchisédeck vécut. —

Coiffé d'un vieux feutre consterné, — enveloppé tragiquement dans un manteau en loques et humilié, il s'écrie devant les tableaux de ses amis :

— J'avais des préjugés sur cette œuvre! que c'est beau! que c'est pur! où est donc le talent, si ce n'est là ?

Il se trouve quelquefois dans la foule un digne mortel qui se laisse prendre au piége. —

L'Anglais nouvellement débarqué est, entre autres, sujet à cette maladie. —

Il paie bien une *croute* ridicule, — les rapins rient, boivent, partagent en frères et se moquent du crédule compatriote de Robinson Crusoé. —

Ici il est utile de faire une remarquable distinction, — celle de ne pas confondre le véritable, le seul, le réel, le beau, le loyal

Robinson avec une foule de parvenus et de pas-grand'chose qui se permettent de marcher sur ses brisées, tels que le *Robinson suisse*, le *Robinson iroquois*, le *Robinson corse*, etc.

Le système des confusions traîne après soi des calamités horribles.

XIV

Le Jardin des plantes.

t maintenant parlons du Jardin des plantes. — C'est là surtout que l'Anglais se montre curieux; là, on voit sa jalousie percer à chaque nouvel objet.

Appelé souvent dans cet établissement par la nature de mes études, j'ai eu occasion d'en observer plusieurs. Derniérement encore, je pris plaisir à en suivre un qui m'amusa beaucoup.

C'était un homme au teint vineux ; le blanc équivoque de ses cheveux témoignait qu'ils avaient été roux dans leur jeune âge.

Il avait pris un guide que je crus reconnaître pour l'avoir vu souvent dans le Jardin et aux abords du chemin de fer de Corbeil; honnête industriel faisant le métier tantôt d'ouvreur de portières, tantôt de montreur d'ours à la ménagerie, bavard par inclination, paresseux par goût, commissionnaire par circonstance, c'est-à-dire quand la charge à porter ne dépasse pas dix livres ; paraissant toujours, du reste, quoi qu'il fasse, bien comprendre l'esprit de son rôle et remplissant son emploi avec aisance et facilité.

Il conduisit d'abord son mylord (c'est ainsi qu'il l'appelait) devant la ménagerie proprement dite, où il lui fit voir des lions donnés par un lionceau de noble race, puis différents autres animaux féroces *donnés* par des capitaines de vaisseaux, et *payés* avec l'argent de l'état.

Ils visitèrent ensuite le *Palais-Thiers* (dit des singes); le noble étranger trouva cette cage bien mesquine, eu égard aux trois cent mille francs que le grand ministre a conté qu'elle a coûtés; il se l'était figurée grande comme le Palais-Royal, belle comme la villa Botherel, auteur des bouillons à domicile, bouillons que les actionnaires seuls ont bus.

L'Anglais ne voulut pas voir les cages des aigles, parce que, dit-il, il avait ces oiseaux en aversion depuis les batailles de l'empire.

En revanche il voulut voir les coqs, que ses compatriotes savent si bien plier à leurs volontés et dont ils s'amusent si volontiers.

De là ils entrèrent dans le bâtiment où se

trouvent les reptiles et les amphibies. Le gardien de ces animaux lui parut être un excellent observateur.

L'Anglais demanda à son guide si les notes recueillies par cet homme ne devenaient pas le profit exclusif de M. Duméril.

Celui-ci lui répondit affirmativement.

Sortis de là et arrivés devant la faisanderie, il trouva que cette cage était une belle inutilité, en raison de la petite quantité et de l'insignifiance des oiseaux qu'elle renferme. On eût mieux fait, dit-il, d'y mettre les singes, et de donner le *Palais* de ces messieurs à son *inventeur*. La morale y eût peut-être perdu, mais la justice y aurait gagné.

Il ne voulut pas voir la girafe, parce qu'elle a donné matière à des plaisanteries peu généreuses sur le compte de feu M. Charles, dixième du nom, homme dont il respecte la mémoire parce qu'il ne se serait pas obstiné ridiculement à garder Alger.

Ici, je crus surprendre aux lèvres du cicerone un sourire malin qui me sembla vouloir dire que c'était par pur esprit de nationalité que notre Anglais refusait son estime et son admiration à l'animal bénin qui est venu fort innocemment disputer à la feue majesté trop chrétienne l'honneur d'être la plus grande bête des trois royaumes de Navarre, France et Algérie.

Son guide le conduisit ensuite devant les fosses aux ours, et lui en désigna une dans laquelle se trouve encore le *Martin* qui, de père en fils, à conservé l'atroce réputation d'avoir dévoré un Anglais qui fut assez présomptueux (ils le sont tous) pour avoir osé vouloir boxer avec la bête du roi.

L'Anglais ferma les poings, jeta un regard furieux sur l'animal assassin qui s'appellera Martin tant que les ours seront ours, à moins que M. Thiers, revenant au pouvoir (reviendra-t-il au pouvoir? et, et s'il y revient, voudra-t-il encore accorder sa généreuse et désintéressée bienveillance au Jardin du roi?), à moins que M. Thiers, dis-je, ne consente à porter remède à ce déplorable état de choses par une ordonnance qui le mette à la place de l'ours et l'ours à la sienne : le Jardin y perdra assurément, mais les contribuables y gagneront d'autant.

Notre Anglais donc s'exaspéra si fort, que le brave vétéran préposé à la garde des fosses fut obligé d'intervenir et de prier poliment le trop susceptible fils d'Albyon de ne point insulter la bête de sa majesté, sous peine de se voir traduit en cour des lions pour atteinte aux droits et prérogatives que les ours tiennent de la couronne, lui faisant observer que ce n'était pas l'animal céant qui avait commis l'indécence ci-dessus, mais son trisaïeul.

Calmé un peu par cette explication du débonnaire vétéran, notre Anglais s'éloigna, non sans grommeler encore quelques *Good dam* peu révérentieux, mais dont l'ours ne parut pas se formaliser, soit qu'il ne les entendît pas, soit que l'idiome anglo-saxon lui fût étranger.

Il visita l'amphithéâtre, où, pour la bagatelle de 10,000 fr., chacun par an, MM. Ducrotay de Blainville et Flourens (de l'Académie) professent, pendant trois mois de l'année, devant des murailles sans écho, différentes sciences sans adeptes depuis que le célèbre Cuvier est mort.

Ayant demandé à voir M. Geoffroy Saint-

Hilaire, son guide lui désigna M. Isidore qui traversait le Jardin, un bocal sous le bras, dans lequel était un fétus acéphale.

Notre Anglais avait vu M. Saint-Hilaire en Égypte ; il avait pour ce savant une grande admiration ; celui qu'on lui montrait lui parut beaucoup moins grand que celui qu'il avait connu : il ne voulut voir dans la personne du fils que l'ombre du père.

M. Isidore, récemment nommé à la place de M. Geoffroy, continue, il est vrai, le cours de zoologie, que son père a fait avec tant de talent et dans lequel il a rendu de longs et brillants services à la science, mais il ne le continue que pour mémoire, et parce qu'il est payé pour cela. Ses études particulières ayant pris une toute autre direction, et ses recherches portant sur la tératologie, quels progrès peut-on espérer de longtemps en zoologie, si le professeur, le chef de l'école, est le premier à abandonner la carrière dans laquelle il est chargé de guider la jeunesse?

Chacun son goût, sans doute, puisque tous sont dans la nature, mais moi je préfère aux monstruosités, la nature fraîche et belle, blanche et rose ; aux laideurs de la création je préfère le cerf bondissant dans la plaine, le rossignol disant aux échos de la nuit, sous la feuillée nouvelle, ses chants d'amour et de plaisir ; moi, professeur de zoologie, je laisserais à quelque habile médecin le soin de rechercher et de constater ces bizarreries et ces erreurs de conformation humaine, qui ne devraient pas franchir le seuil de l'amphithéâtre, et sur lesquelles on doit tirer le voile, parce qu'elles peuvent conduire sinon à l'athéisme, du moins à la misanthropie et à l'éloignement de la reproduction ; moi, professeur de zoologie, je mettrais toute ma gloire à voir mes leçons suivies avec zèle ; à un auditoire plus désert de jour en jour, je préférerais un auditoire plein, nombreux enthousiaste.

Mécontent de ne pouvoir rencontrer M. Geoffroy Saint-Hilaire père, l'Anglais se rendit avec son cicerone à la galerie de minéralogie, où il demanda M. Charles d'Orbigny ; il voulait voir ce célèbre géologue, au Dictionnaire duquel il avait eu l'avantage de souscrire à Londres. Comme depuis dix-sept mois et demi il n'avait pas reçu la plus petite livraison, il désirait savoir du directeur lui-même d'où provenait ce petit retard. Il s'adressa à cet effet à la dame qui reçoit sous le péristyle, à gauche, les cannes et les parapluies.

Celle-ci lui dit que M. Charles d'Orbigny était absent; qu'il était allé en Chine par le puits artésien de Grenelle, et qu'un vaisseau arrivé récemment de ce pays hypothétique avait annoncé qu'il se livrait à la recherche de la pierre philosophale et de la poudre d'or dans les vastes états de l'empereur, afin de faire la description de l'une d'après nature, et d'employer l'autre au coloriage des oiseaux dorés décrits dans son Dictionnaire; que S. M., peu hospitalière de sa nature, l'avait fort bien accueilli, en considération de sa réputation transeuropéenne et transmarine, comme homme de lettres, comme savant, comme collaborateur du *Jardin des plantes*, ouvrage publié par le célèbre éditeur Curmer, et qui plait beaucoup au public ignorant, mais qui fait rire le public savant, ce qui prouve fort peu en faveur de l'érudition de l'empereur, et aussi, dit-on, parce qu'il a eu le bon esprit et la finesse d'offrir à S. M. le pavé de Fontainebleau qu'il s'était attaché au cou (vu qu'il est descendu la tête la première pour se trouver sur les pieds en arrivant dans ces régions antipodiquement opposées à celles que nous habitons), présent vraiment digne d'un noble prince, vu la rareté de ce minéral en Chine.

En reconnaissance d'un don si magnifique, le noble empereur à ordonné une procession dans tous ses états; M. d'Orbigny a été porté en triomphe par huit esclaves, sur un palanquin de taffetas bleu d'azur à reflets de mille couleurs, rehaussé de pierres précieuses; quatre jeunes filles placées à ses côtés l'éventaient avec des éventails faits des plus fines plumes de paradisiers. Vingt jeunes garçons précédaient le palanquin, brûlant dans des cassolettes d'or les parfums les plus suaves de l'Arabie; un nombre égal de fraîches jeunes filles portaient dans des corbeilles d'un travail admirable des plumes d'oiseaux-mouches mêlées à des feuilles de roses qu'elles semaient sur la route du savant géologue français. Cinquante mille hommes de troupes choisies et de toutes armes formaient le cortége; tous les dignitaires de l'état, revêtus de leurs insignes, suivaient le noble hôte de leur empereur, qui lui-même avait voulu assister à la cérémonie. Toutes les maisons étaient garnies de riches draperies, les fenêtres étaient ornées de guirlandes.

Après la procession, un banquet magnifique lui a été offert dans le palais de l'empereur; tous les officiers de l'armée, toutes les femmes de distinction avaient été invités; cinq cents oiseaux-mouches de toutes grosseurs et de toutes couleurs n'ont pas cessé de faire entendre pendant le repas une mélodie suave et divine. M. d'Orbigny à porté la santé de l'impératrice, à laquelle l'empereur a répondu par celle du roi de France, et au même instant la musique des gardes du corps de S. M. a fait entendre l'air national français de la *Marseillaise.*

Le repas terminé, de joyeuses danses, des valses folles, enivrantes, ont commencé dans les jardins du palais; cinq cent mille verres de toutes couleurs, représentant la dernière illumination des Champs-Élysées et de l'arc de triomphe de l'Étoile, répandaient sur cette fête brillante leur clarté magique.

A deux heures du matin, les danses furent suspendues.

L'empereur offrit à son hôte toutes ses femmes, qui les refusa avec une grandeur d'ame vraiment digne des temps héroïques.

Le lendemain, M. Ch. d'Orbigny, ivre encore des honneurs qui lui avaient été rendus, a dû prendre congé de son amphitryon.

L'impératrice elle-même, saisie d'admiration pour le jeune et beau naturaliste français, a daigné lui donner sa main à baiser.

M. Charles, pénétré de reconnaissance pour un procédé si délicat de la part d'une princesse étrangère, s'est jeté à ses genoux en lui jurant de conserver d'elle un souvenir éternel et de lui envoyer les livraisons de son *Dictionnaire universel d'histoire naturelle*,

RÉGULIÈREMENT

TOUS LES VINGT JOURS,

à mesure de leur publication.

L'impératrice, confiante et bonne, entraînée d'ailleurs par le sentiment de conviction du géologue éditeur, a souscrit à VINGT-CINQ MILLE exemplaires qu'elle destine aux écoles primaires de ses états.

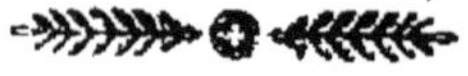

Immédiatement après, M. d'Orbigny, frère du célèbre voyageur de ce nom, est monté sur un animal fabuleux que l'empereur lui a donné, et sur lequel il revient à Paris par terre et à petites journées.

AVIS AUX SOUSCRIPTEURS.

Trompé encore de ce côté, notre Anglais jura qu'il ne souscrirait plus aux ouvrages français paraissant par livraisons.

Peu content de sa promenade au Jardin des plantes, il paya son cicerone, et monta dans un fiacre qui le ramena à son hôtel.

XV

Le marchand de curiosités.

Celui-là vous le voyez tous les jours, sur le seuil de sa porte, à l'hôtel Bullion ou au milieu de ses antiquités.

C'est un juif roux, pâle et laid comme Rodchilde, autre juif. —

Il vous vend un pavé vingt louis avec un aplomb qui mérite les galères. — Pour peu qu'un meuble soit brisé, il vous le fera payer le double de sa valeur. Il exigera pour une tasse fêlée vingt-deux francs, lorsque vous pouvez vous la procurer même pour quarante-cinq sous.

Il me répugne de mettre sous vos yeux les turpitudes inouies de ce type hideux et sale, riche et avare, qui spécule sur nos plus sottes fantaisies. Il vend tout : des meubles, des objets d'art, des curiosités, des cannes, des fusils, des enfants, des plâtres, des chiens, des tableaux, des singes, des livres, des confitures, des papiers, des manuscrits, des soufflets, des marmites, des pots, des fruits secs, des seringues, des fontaines, des marbres, des pendules, des crayons, des clous, des ordures, des poignards, des lances.

Le tout le plus rouillé et le plus détérioré possible.

Il vend et achète tout. Il vend cher et achète à vil prix. Il spécule sur la misère, le froid, la faim, l'esclavage, l'ennui, le besoin, les embarras. Il accepte des billets, et prête sur gages.

Il s'appelle par exemple :

Tobie, Isaac, Mérovée, Claude, Nicole, Abraham, Jacob, Élie, Mathusalem. Il est aussi arabe que le chiffre 4. Quelques femmes font ce métier hideux de revendeuses et de prêteuses sur gages et garanties. Quelques unes le font clandestinement et ne sont pas patentées. Celles-là passent pour *honnêtes.*

Elles se nomment souvent :

Joseph, Latour, Morin, Mouyet, Saloman, Trognon, et ces coquines sont des voleuses qui prospèrent. Quelques unes ont cependant subi des condamnations.

Non, je ne saurais me résoudre à vous révéler ce que ces marchands, voleurs et usuriers, font souffrir au genre humain.

Qu'il vous suffise de savoir que j'ai connu quelques unes de leurs victimes. Peut-être l'ai-je été moi-même.

Parmi ces tigres, règne, domine, et prospère le marchand de tableaux *anciens et modernes.*

Celui-là s'attaque directement à l'Anglais. Il se l'adjuge, il se le donne, il le prend, l'accapare, l'emporte, l'enlève, le vole, le contraint, l'ensorcèle, le fascine, le décide, et lui vend une foule de toiles dégradées pour des Vandyck, Teniers, Rubens, Greuze, et autres. L'anglais croit, paie, et est heureux.

A quoi tient le bonheur !

XVI

Gentleman Rider.

Si l'Anglais est beau de ridicule au Palais-Royal, au salon et dans les rues, c'est surtout au bois de Boulogne qu'il faut le considérer, principalement quand il est à cheval.

Cette bête est souvent rouge, et d'une désolante maigreur.

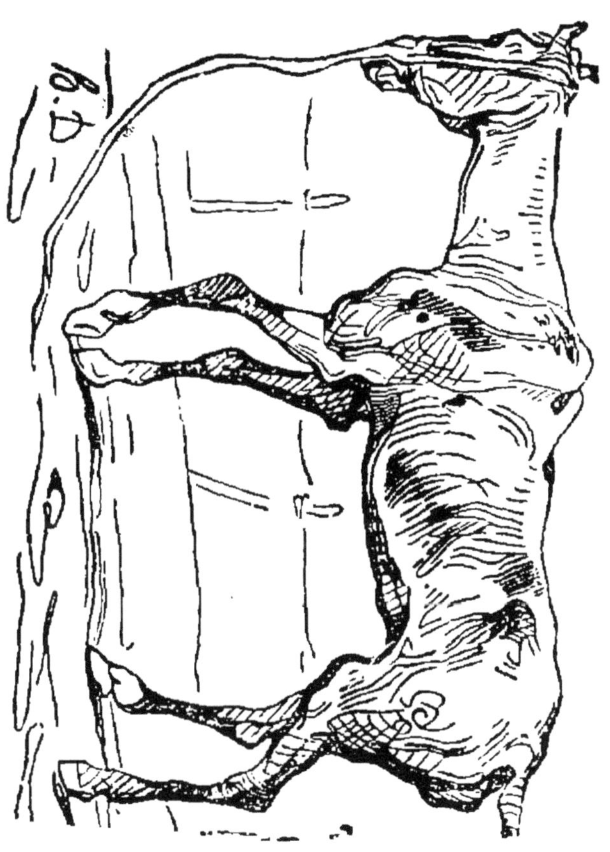

Le cavalier, par suite de la manière dont

on monte dans son pays, est séparé de sa selle par un espace qui permettrait d'y mettre une table de quarante couverts.

Il saute, s'agite, fouette, entoure les flancs diaphanes de son cheval de ses jambes encore plus diaphanes.

Voyez plutôt par vous-même l'effet qu'il produit sur votre bonne humeur, et dites-moi ce qu'il vous en semble.

XVII

A Versailles.

Entr'autres promenades, l'Anglais aime Versailles. C'est là une de ses affections favorites. Il aime versailles comme M. Flourens aime les poissons et les poulets, comme M. Lamaritine aime *les vallons en fleurs où bondis-*

sent les blanches génisses, et ses propres œuvres, comme M. Boillot aime les arts, comme Arnal aime les pantalons beurre-frais, comme M. de Saint-François aime les Bédouins, comme M. Taveau aime l'éloquence et les cravates blanches, comme M. Xavier Durrieu aime M. Jules Simon de la Sorbonne; l'Anglais est fanatique de Versailles, pauvre ville froide et déserte, où paraissent n'habiter que des gens âgés et infirmes.

Il se rend au chemin de fer; en entrant il place son lorgnon sur son œil droit; — ce lorgnon ne doit pas quitter cet œil de toute la journée.

— Cela n'embellit pas notre nouveau débarqué d'outre-Manche.

Il commence, dans la diligence, — par se mettre à l'aise, — comme c'est son usage, — sans s'inquiéter s'il gêne ou non ses voisins. S'il est en compagnie d'autres Anglais, — il a la cruauté de parler pendant tout le cours du trajet dans sa langue natale dure, dissonante et coriace, comme vous savez.

Les enfants appellent cela baragouiner, — je me flatte de ne pas leur disputer le droit de trouver ce langage monotone, — quoique je sache le parler.

L'Anglais respecte peu nos chemins de fer, attendu qu'ils vont plus doucement que les siens. Il les aime pourtant, mais par égoïsme et faute de mieux. Il les trouve peu pittoresques....

L'Anglais mange en arrivant à Versailles, comme il a mangé en arrivant à Paris, comme il mangera en retournant à Londres, comme il mange partout.

Car, empressons-nous de l'avouer, il a horreur de la diète. Il y a dans son pays un proverbe qui dit que ce régime est abrutissant et mortel.

Il mange donc,

et dans ses moindres relations soit avec les garçons, les conducteurs, les employés de toutes sortes, l'Anglais se montre aussi flegmatique, aussi ridicule, aussi peu gêné qu'il l'a été avec les voyageurs. Mais on le tolère, en espérant qu'il a l'intention d'être généreux.

Il se rince la bouche et paie avec une dignité des plus comiques.

Il croit mortifier les soldats qu'on voit toujours à Versailles, de son luxe asiatique.

Dieu nous préserve de ce luxe !

L'Anglais prend des notes au musée, au parc, au restaurant, partout. La journée est passée, il est revenu.

Il prétend s'être beaucoup amusé !

Homme facile à contenter, tu as droit à nos encouragements !

XVIII

Vérités, axiomes et généralités dans l'espèce.

L'Anglais prend l'omnibus de Charenton pour aller à Passy, et réciproquement.

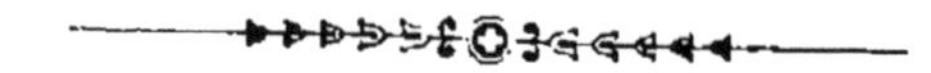

L'Anglais aime à voir les artistes et les gens

de lettres de près. Il espère que ces messieurs le feront rire.

Allez à Bobino, Monsieur, si vous voulez, mais n'attendez pas que je vous fasse des grimaces et des tours de force ou d'adresse.

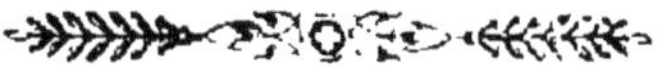

L'Anglais affectionne le Jardin des plantes. Il prend le plus vif plaisir à regarder les gentillesses des ours, les indécences des singes, et la malhonnêteté des autres bêtes.

Il assiste aussi avec l'intérêt le plus marqué aux séances des *académies* de *l'Institut oratoire* et des *écoles*. Il s'arrête devant les jongleurs, et s'efforce de comprendre leurs lazzis.

L'Anglais aime peu notre musique; s'il va à l'Opéra, c'est pour les ballets, afin d'entrevoir les formes de nos ravissantes danseuses, si bien faites, si palpitantes, si légères, si voluptueuses, si pleines de graces.

Ah! Anglais perfide! j'ai la scélératesse de

regarder avec attention dans les mêmes endroits que vous.

Je vous jure que la femme est la plus belle création de Dieu!

C'est en regardant de cet œil attendri nos funambules femelles que l'Anglais persévère dans son idée que la Franee est le pays des plaisirs.

Si l'Anglais entre par hasard dans un restaurant de bas étage qu'il confond avec Véry, on a toutes les peines du monde à le faire renoncer au projet de manger les choses les plus succulentes et de boire les vins les plus exquis. Il se fâche, ce qui augmente l'hilarité générale et le désespoir du gargotier.

Quand l'Anglais s'attarde et s'égare le soir dans Paris, on lui jette sur la tête des choses désobligeantes.

XIX

Variétés. — Les Fils de l'Anglais.

Ils sont bien ridicules, — les fils de ces respectables lords! —

Entre autres passe-temps, ils s'appliquent à porter des vestes fort étroites et des pantalons tellement courts, qu'on peut s'apercevoir en peu de temps de combien ils ont grandi. — Ces enfants s'irritent facilement. —

Ils sont frais, gentils, roses, blonds ou rouges comme père et mère, rageurs, entêtés, — et se battent volontiers entre eux comme les polissons qui fourmillent dans les rues. —

Mais où le fils de l'Anglais est comique, c'est quand il a atteint l'âge de vingt ans sans avoir protesté contre les collerettes à la Henri IV et les petites vestes. —

Alors sa bêtise a quelque chose de monumental. —

Tout jeunes, les fils contractent l'habitude de nager et de monter à cheval, — *exercices nobles*, comme dit M. Janin. —

Avouons qu'ils ont pour les chevaux, comme pour tous les autres animaux, et surtout les chiens, — des procédés plus que sauvages. —

Mais parlez-moi du jeune Anglais humanisé, buveur, joueur, parlant français, ayant nos mœurs, — dandy de joyeuse allure, courant après les fées et les danseuses des théâtres. —

Celui-là, — on l'aime et on l'admire, — il sait danser le cancan; — il connaît le cathéchisme du carnaval, — et se travestit en *chicard* avec quelque avantage. — Il fréquente une société aussi peu choisie que bruyante. —

Celui-là ne veut pas aller promener aux Tuileries avec son père et ses nombreuses sœurs; — Il est mis comme tout le monde, porte des dessous-de-pied, des gants blancs, et un lorgnon modèle. —

Il se tient dans le style moderne, — et ne paie les femmes de fantaisie que de sa belle personne. — C'est déjà beaucoup ! —

Celui-là est une précieuse doublure de lord Byron, — un échantillon des jeunes *lionceaux* de vie élégante; —

Honneur à lui!!!

XX

Du lion anglais et de son cigare.

Nous sommes trop consciencieux pour montrer le côté ridicule de l'Anglais, sans mettre en parallèle ses côtés *forts*. — Malheureusement ils sont peu nombreux. —

Le type s'en résume dans la personne du fils de l'Anglais, — enfin du lion dont nous avons dit deux mots ci-dessus. —

Il est rare qu'il ne s'appelle pas George, Richard ou Tom, à moins qu'il ne lui arrive de s'appeler Franke, Peter ou William. —

William donc, — puisque William il y a, — aime par dessus tout trois choses également agréables et dignes de respect au triple point de vue naturel, physique et moral, — à savoir : la femme, le vin, et le cigare. — Les goûts peuvent être, je le sais, parfaitement discutés, — tout est dans l'imagination. — M. Alfred Musard, par exemple, aime mieux la femme. — Comme ce dernier descendant en ligne droite de Napoléon, — je me range immédiatement de son côté, au risque de passer pour un vil courtisan. —

Le lion anglais est francisé de manières et de tournure, — ce qui est un grand point. — Il fume donc par les yeux, les oreilles, le nez, les doigts, les pieds, les reins, les cheveux, — enfin de manière à faire rougir M. Burette lui-même. —

Pour ce faire, — il emprunte aux orientaux quelques postures sensuelles. Il fume couché, il boit couché, il reçoit sa femme couché; —

O peuples d'Orient, vous avez toute son estime, — et je ne saurais moi-même vous refuser une bonne partie de la mienne. —

Un autre travail important pour lui est de s'habiller avec éclat, d'être soigneusement botté, ganté, cravaté; — cela prend une grand partie de ses matinées. —

O tabac, ô cigares, ô vins, — et vous aussi, ô femmes *honnêtes*, quels doux moments vous faites passer à ce débutant étranger! vous êtes son orgueil à lui. — Qui dit fumeur dit philosophe. —

Toi surtout, ô cigare, — tu sers à le faire briller! —

Cigare, tu es son ornement comme tu es le compagnon de mon ami Clément Caraguel, le plus spirituel de nos journalistes. —

Cigarre, — tu es à l'Anglais ce que tu es à la femme de lettres, — tu es son affection, son rêve, son idéal, sa créature, — tu es à lui, il est à toi, aussi il te prend, il te gardera, — comme dirait M. Janin. —

PORTRAIT CI-JOINT.)

XXI

Où il est parlé d'une mâchoire.

Un matin un Anglais, privé du plus mince chicot, se présente chez M. Taveau, — ce célèbre dentiste qui affectionne si fort l'éloquence et les cravates blanches. —

— *Je vou, s'il vous plaite, Mousiou, une petite dent pour mon habitude.*

Le praticien le fit asseoir, — et l'engagea à se laisser prendre mesure d'un ratelier. — L'Anglais s'y refusa obstinément, — et lui dit qu'il pouvait le faire sans cette formalité. —

— Mais il me sera impossible de vous faire trente-deux dents sans savoir quelle est la grandeur de votre mâchoire. —

L'Anglais refusa plus que jamais, et finit par s'en aller. — Ce qui dut faire plaisir à M. Taveau. —

Mais, séduit par les tableaux de dents que certains charlatans placent à l'angle des rues, — il se rendit chez un de ces messieurs.

Il trouva aisément un gâte-métier qui lui confectionna un ratelier. —

Il est vrai que ce ratelier tombait par terre chaque fois qu'il bâillait, et qu'il était obligé de l'ôter pour manger.

XXII

L'Anglais à la cour.

n Anglais n'est pas plus tôt francisé, que l'ambition lui vient d'aller à la cour. C'est une faveur qu'il n'a jamais rêvée en Angleterre, où il ne connaît de sa gracieuse majesté britannique que ce que les journaux veulent bien lui en conter.

C'est un jour qui s'inscrit sur l'album, et, par anticipation, en attendant l'heure de la toilette, la fille aînée (car il y en a toujours une dans les familles anglaises) suppose d'abord qu'elle verra le roi et sa famille, et, le cœur plein d'enthousiasme, elle écrit :

« J'ai valsé avec un jeune homme très « blond, grand et mince. Bien sûr, c'était « un des princes; je n'ai pas osé lui par« ler. »

Après avoir mis à réquisition tout l'attirail d'une toilette rien moins que dirigée par le bon goût, la famille s'entasse dans le plus grand remise possible; toutes les sommités commerciales, on y voit de grandes jeunes Anglaises belles et guindées, des mamans remarquables par leurs immenses turbans et qui plient sous l'âge, l'or et les diamants; voire même le chrysocalque.

Chacun s'en retourne satisfait; on a aperçu de loin la famille royale; rien n'empêchait d'approcher le roi.

Le bal de la cour semble la mesure de l'ambition de l'Anglais à Paris, c'est un avantage qu'il partage avec le garde national bien pensant, le bottier, le charcutier, les parfumeur aisé.

Et l'entrepreneur de n'importe quoi.

Ce dernier surtout cause avec le roi d'un air vain et flatté. —

Le charcutier lui-même se passionne : —

exaspéré de reconnaissance, il offre au roi son plus gros chien.

Car,

Qu'ou ne s'y trompe pas! le négociant parisien a une ame ardente!

XXIII

Départ.

La pensée de quitter Paris vient aussi promptement à l'Anglais que celle d'y venir. —

Il va fuir avec son chien.

Après être convaincu qu'il nous a apporté les germes de la civilisation, et nous avoir fait admirer son laisser-aller, il plie bagage et dirige lui-même, avec beaucoup de gravité, les apprêts du départ.

Sa philosophie ne l'abandonne jamais. Dernièrement je me trouvai avec un Anglais qui, en portant la main à sa poche, s'aperçut que sa tabatière lui avait été volée. Comme elle était en or, je me récriai sur cette perte : — *Celui qui l'a prise sera bien attrapé, fit-il, il n'y avait pas de tabac dedans !*

Si le séjour des Anglais chez nous ne nous fait pas gagner dans leur esprit, il les fait perdre aussi dans le nôtre, mais nous nous accoutumons difficilement à eux.

Ils pensent généralement que les Français sont une mauvaise race : qu'ils aiment par dessus tout l'argent ; qu'ils se marient, se séparent, se battent, font la paix par cupidité. *Good by !* charmants insulaires, revenez nous voir, — mais attendez que je vous y invite !

Et vous, aimables *ladies*, prenez toujours modèle sur les Françaises, auxquelles vous devez d'avoir échangé vos *allures* en tournures élégantes, et soyez les bien-venues sur notre terre hospitalière.

FIN

IMPRIMERIE DE PECQUEREAU ET COMP., [illegible] rue de la Harpe.

www.ingramcontent.com/pod-product-compliance
Ingram Content Group UK Ltd.
Pitfield, Milton Keynes, MK11 3LW, UK
UKHW020234220726
13923UKWH00002B/646